鬥嘴一班 古代遊

宋朝趣聞錄

卓瑩 著

天下第一茶坊

新雅文化事業有限公司

www.sunya.com.hk

目錄

人物介紹

古代遊

宏力

樂心兄長，凡事謹慎認真，兄妹感情要好。

小柔

文靜溫柔，善解人意，自幼跟好友樂心一起長大，感情深厚，情同姊妹。

樂心

出身富裕人家，平易近人，好奇心強，琴棋書畫皆有涉獵，特別喜愛牡丹花。

吳慧珠

僖來茶坊店主的小女兒，個性豁達單純，熱愛烹飪，夢想成為天下第一廚娘。

周志明

悅來茶坊的小少爺，觀察力強，對茶藝頗有研究，為人愛面子，不服輸。

高立民

溫文儒雅，愛舞文弄墨，是個典型的書生。

胡直

生得高大結實，孔武有力，心直口快，守不住秘密。

天下第一茶坊

謝海詩

父親是著名的謝夫子，自小受父親熏陶，知書達禮，愛表現自己。

黃子祺

為人淘氣，愛熱鬧，經常戲弄別人，令人又愛又恨。

第一章　來歷不明的小娘子

正月十五是一年一度的上元節，吳氏茶坊之女慧珠與爹娘用過晚膳後，便回房悉心裝扮起來。

她取出最喜歡的那條鮮紅色繡花布帛，把頭髮束起結了一頭雙丫髻，換上娘親新做的淡綠色褙子衫裙，漂漂亮亮地出門去了。

她的鄰居兼好友謝家女兒——海詩，早已在大門外等候着。

「海詩！」慧珠一見到她，便熱情地跟她手牽手，一蹦一跳地朝藍天

城最熱鬧的街頭走去。

　　上元夜是普天同慶的大日子，
城內舉行盛大的燈會，除了有官府搭
建的大型燈棚外，家家戶戶也張燈結
綵，富裕的達官貴人，更會於自家門

前蓋起高高的燈棚，棚上綴滿各式各樣的花燈彩帶，形成萬燈齊放的燈海，真是蔚為奇觀。

慧珠牽着海詩走入熙攘的人潮，只見男女老幼都是盛裝打扮，

或手裏挑着花燈，或以翡翠打造成小
燈籠直接插在頭上，街頭巷尾都洋溢
着節日的喜慶。

街道兩旁到處都搭着彩棚，有擺賣衣飾玩物的；有售賣應節小吃的；有提供魔術、雜技和歌舞表演的，無論吃喝玩樂都應有盡有。

「慧珠你看，這兒有吞劍表演呢！」海詩驚訝地指着她的右前方。

慧珠則抬頭仰望着前方一座高棚，大驚小怪地喊道：「哇，木棚上有人在走高空繩索呢，你看他的身手多靈活！」

兩位小娘子對於眼前的事物，都感到既新奇又好玩，恨不得能盡情地玩個夠。

只可惜她們平日鮮有出門走動，逛不了多久便感到疲累。

恰巧這時，她們看見前方有一個小戲棚，許多觀眾正圍坐在戲棚前欣賞表演。

慧珠上前一看，發現台上沒有表演者，卻放着一道白色的大帳幕，帳幕後方是一片光亮，有幾個色彩繽紛的人偶影子，折射到白色的帳幕上。

那些人偶動作十分靈活，再配以對白和音樂，看上去就跟真人表演沒什麼兩樣。

慧珠覺得有趣極了，興趣盎然地

問道：「這些人偶很可愛啊！這是什麼表演？」

　　海詩訝然地白了她一眼：「你連這個也不知道嗎？這是皮影戲呀！他們先以牛皮繪製出人偶，再利用燈光

這是皮影戲呀！

人偶的剪影折射到帳幕上，造型十分生動逼真呢！」

慧珠見她描述得如此詳細，不禁大感驚訝：「海詩你好厲害啊，你是怎麼知道的？」

海詩傲然地一昂頭道：「你忘了我爹是謝夫子嗎？他除了教我唸書外，還會告訴我許多有趣的事情呢！」

慧珠一臉羨慕地說：「我爹娘是開茶坊的，平時較少跟我談文化和歷史。若非你不時拉着我一起去聽謝夫子的課，我如今可能還不懂得寫自己的名字呢！」

戲棚正在上演的曲目，是關於三國時代諸葛亮草船借箭的故事。

　　兩位演員躲在白色的帳幕後，手執數個五彩繽紛的人偶，一邊以竹竿操縱着它們的動作，一邊投入地為人偶配上精彩的對白，旁邊還有樂師為其配樂，演出生動有趣。

　　當二人看得正投入時，忽然聽得一把細細的聲音說：「樂心，你快伏下來，千萬別讓他們看到了！」

　　這把聲音聽起來有些嬌弱，應該是一位小娘子，抖顫的聲線中透着幾分惶恐。

慧珠覺得有些不妥，忙循着聲音的方向望過去。

只見她們身後不遠處，有兩位跟她們年齡相仿的小娘子，正半蹲着身子在人叢中來回穿插，還不時緊張地東張西望，似乎是在躲避什麼。

她們在幹什麼？慧珠更覺可疑，於是也跟着她們一樣四處張望。

一看之下，果然發現前方的街頭，有好幾個黑衣漢子正在戲棚附近徘徊。

　　他們臉上都神色陰暗，不停在街頭各處東找找西翻翻，形跡十分可疑。

　　慧珠看得有些心驚，不由得「噢」
的低呼了一聲。

　　海詩回頭一看，見慧珠正不停地
往後張望，不禁疑惑地問：「怎麼啦？
發生什麼事了嗎？」

　　慧珠慌忙做了個噤聲的手勢，
朝那幾位可疑的漢子指了指，悄聲地
說：「這些人一臉凶神惡煞地到處搜

查，似乎是在找我們身後的兩位小娘子啊！」

　　海詩瞄了那兩位小娘子一眼，但見她們衣着華麗，即使到處躲躲藏藏，舉止仍不失優雅，顯然是受過良好教育的大家閨秀。

反觀那些陌生男子，一個個都橫眉怒目，倒是極有可能心懷不軌。

海詩果斷地點頭：「我們幫她們一把吧！」

「好啊！」徵得海詩的同意後，慧珠旋即挪到那兩位小娘子面前，朝她們友善地點了點頭，低聲問道：「我看你們似乎有些慌張，是不是遇到什麼困難了？」

兩位小娘子聞言，都訝異地望着慧珠。

其中一位梳着三丫髻、背着包袱的小娘子，顯然有些戒備地打量了她

們一眼，
立即禮貌
地搖頭婉
拒道：「不
必了，我們
沒事，謝謝兩位
的好意。」

　　她剛語畢，便匆匆挽着隨行的小
娘子，心急地想要離去。

　　然而，那位同行的小娘子卻回過
頭來，朝她們眨了眨靈動的大眼睛，
撓着鬢旁的兩根小辮子問道：「如果
我們想悄悄地離開這兒，你們能有什

麼法子嗎？」

　　慧珠見她有此一問，機伶地一歪嘴角，湊上前在她耳畔低語了幾句後，隨即一手取走她繞在臂彎的紫紅色披肩，反手披在自己身上，然後「嚄」地一聲站起身來，大搖大擺地向着戲棚後面的小巷走去。

🧒 第二章　智退壞人

為了引起那些黑衣人的注意，慧珠站起身時，還故意踢了一下旁邊的木凳。

那些黑衣人聽到動靜，果然立刻往慧珠的方向望過來。

由於他們距離慧珠的位置較遠，只依稀見到一位披着紫紅色披肩的小娘子，正腳步匆匆地拐進一條小巷裏去。

他們見狀立刻轉身，同時向着小巷的方向追了過去。

可惜此時，大街小巷都擠滿了看

熱鬧的人羣，即使那些黑衣人身手如何了得，也全都舉步維艱。

待他們終於把羣眾都擺脫掉，追至那條小巷時，才發現裏面原來是個死胡同，除了放着幾個殘破不堪的木箱子外，就連老鼠也沒有一隻。

幾位黑衣人對望了一眼，惘然地問：「人呢？」

與此同時，海詩則領着那兩位小娘子，從戲棚的另一邊閃身離開。

　　海詩領着二人拐了好幾個路口，在確定那幫黑衣人沒有跟上來後，才停下步來，朝她們得意地一笑道：「好了，我們在這兒等一會吧！」

　　不消片刻，只見拿着紫紅色披肩的慧珠，從另一個路口走了出來，一邊把披肩還給她們，一邊笑意盈盈地說：「放心吧，你們已經安全了！」

　　編着辮子的小娘子接過披肩，一雙靈動的眼睛睜得老大，好奇地問道：「你是如何擺脫他們的？」

慧珠「嘻」地笑了一聲，故意繪聲繪色地說道：「剛才那個死胡同，其實是戲棚用來放置雜物的地方，我故意大搖大擺地走進去，然後以戲棚的帳幕作掩護，匆匆繞到戲棚的另一邊，再脫掉披肩混進人羣當中，便可以輕易擺脫他們啦！」

編辮子的小娘子頓時讚歎道：「你這一招金蟬脫殼，果然妙極！」

那位梳着三丫髻的小娘子，朝慧珠和海詩深深地作了個揖，既佩服又感激地說：「多謝你們出手幫忙，我們才得以脫險呢！」

「這沒什麼，我反而覺得挺好玩呢！」慧珠呵呵一笑。

海詩趁機打量了她們一眼，疑惑地問道：「瞧你們的樣子，不像是本地人，你們怎麼會招惹了這幫壞人的？」

　　梳着三丫髻的小娘子怔了怔，一時竟不知該怎麼回答。

倒是那位編辮子的小娘子，不慌不忙地接口笑道：「我叫樂心，她是我的好友小柔，爹娘平日都不讓我們出門，所以便趁着上元夜城門大開之時，偷偷跑出來見識一下。」

小柔忙不迭點頭稱是，臉上卻猶有餘悸：「可是，我們怎麼也沒想到會碰到那幫壞人，還跟了我們一路，幸好有你們幫忙解圍呢！」

海詩這才恍然地點了點頭，友善地笑着說：「我是海詩，她是慧珠，我們也是來湊熱鬧的呢！」

慧珠見她們跟自己年紀相仿，感

覺很是親切，便熱情地相邀道：「既然你們人生地不熟，不如跟我們結伴同行，互相也有個照應，好嗎？」

能有她們充當嚮導，樂心和小柔自然更是求之不得，立即驚喜地應道：「太好了！」

如此這般，她們一行四人便手牽着手，時而欣賞路旁的雜耍表演，時而在售賣小飾品的攤檔前停駐，你一言我一語地說着笑着，玩得十分盡興。

逛了好一會，她們來到一座兩層高的小樓前，樓門前綴滿喜慶的彩帶

和花燈，門楣上掛着一個寫着「僖來茶坊」的牌匾。

慧珠微一彎腰，伸手作歡迎狀，笑着向她們介紹道：「大家走得累了吧？這是我家開的茶坊，不如先進去歇息一下吧！」

「好啊！」大家都高興極了。

她們正欲跨步上前，忽聽得路邊有人大喊：「元宵佳節，悅來茶坊半價酬賓，歡迎光臨啊！」

慧珠一聽，臉上的笑容頓時凝住了。

僖來茶坊

悦來茶坊
半價酬賓

35

第三章　無良店家

當慧珠來到僖來茶坊門外，正要跨步進去時，忽聽有人大喊「悅來茶坊」四個字，心下頓時一沉。她立時警惕地回頭一看，但見數名穿着深綠色短衫長褲的男子正站在茶坊門前不遠處，向路人派發傳單。

慧珠還未弄清是怎麼回事，其中一人把傳單往她手心一塞，熱情地推介道：「小娘子，喝茶一定要去對面的悅來茶坊，那兒不但華麗寬敞，茶湯香醇，現在還有半價優惠呢！」

慧珠低頭一看，只見手上的傳單，是一張方方正正的刻印紙張。

　　紙張的上方印着「悅來茶坊」四個大字，下方有一行推廣的小字，而紙的正中央則是一個茶壺形狀的圖案，相信應該就是茶坊的商標，製作極具心思。

慧珠看得心頭一驚，心中暗暗忖度道：「他們是要花費多少金錢，才能印製出如此精美的傳單？悦來茶坊果然是財力豐厚啊！」

「上元佳節，悦來茶坊一連三天半價酬賓，快進來喝一口香茶啊！」那些男子仍然不停大聲吆喝。

有好幾位相熟的老顧客，原本已預備跨進僖來茶坊，誰知一聽到這些吆喝聲，便都轉而跑到對面的悦來茶坊去了。

親眼目睹這一幕的慧珠，頓時氣不打一處來，忍不住上前跟他們理

論：「喂，你們在別人店前派傳單，也太不講道義了吧？」

一名男子回頭瞟了她一眼，見她只是個小娘子，不耐煩地揚了揚手道：「你懂什麼？走開！」

慧珠見他們沒把自己放在眼內，心中更是氣惱，生氣地反駁道：「我

怎麼會不懂？你們在我家的店前發傳

單，分明就是在搶我們的顧客！」

　　海詩、樂心和小柔見慧珠如此動

氣，都詫異地問：「怎麼回事？」

　　慧珠指着對面一幢雕樑畫棟的五

層高大樓，一口氣地數說道：「我娘說這家新開的茶坊，菜譜跟我們十分相似，定價又故意比我們便宜幾分，我們因此流失了不少顧客呢！」

她冷哼了一聲，才又憤憤地接着說：「沒想到他們如今變本加厲，竟然跑到我們店前發傳單，實在是欺人太甚！」

知道事情的始末後，海詩、樂心和小柔都不禁為慧珠打抱不平。

海詩第一時間走了上前，跟剛才那個人理論：「你們什麼地方不去，偏要跑到人家的店前來派傳單，你們

茶坊的經營手法太卑劣了！」

　　就在這時，一位文人打扮的男子，緩緩地朝着僖來茶坊的方向走來。

　　那位發傳單的男子見狀，立刻轉身欲衝上前去。

　　慧珠心下一急，趕忙伸手把他攔住，板着臉孔冷冷地説：「你們要發傳單，請到別處去，不能搔擾我們的客人！」

　　「我們在街上派傳單，你們管得着嗎？」那男子輕哼一聲，便迅速繞過慧珠，繼續追上前去。

「他們怎麼能如此蠻不講理啊！」樂心和小柔也有些生氣。

慧珠自然不能讓他得逞，一直不依不饒地緊追其後。

那人被慧珠追得不耐煩了，便回

身掠起衣袖，握着拳頭惡狠狠地威脅
道：「你再糾纏不休，便別怪我不客
氣啊！」

慧珠心頭一怯，但仍然無所畏懼
地攔在他的面前，一字一句地重申：

「你不許再在這兒發傳單！」

「你有完沒完啊？」那男子怒吼

一聲。

他們的吵嚷聲，霎時驚動了男子的同伙，所有人都從前方趕過來聲援。

猛然被數名大漢團團圍住，四位小娘子不由地靠攏在一起，大家都害怕極了，只有海詩仍能強自鎮定地大聲質問：「你們想要幹什麼？」

就在這危急關頭，背後忽然有人大喝一聲：「停手！」

第四章　美食大師

　　正當四位小娘子被那些大漢嚇得花容失色時，忽聽得有人出聲喝止。

　　雙方都詫異地朝聲音傳來的方向望去，只見四位跟慧珠年齡相若的小郎君，從僖來茶坊跑了出來。

四人都穿着錦緞長袍，腳踏長靴，一看便知是名門貴公子。

　　海詩看了他們一眼，隨即便低「咦」一聲道：「原來是他們啊！」

　　慧珠驚訝極了：「你認識他們嗎？」

海詩點點頭，悄聲地介紹道：「長得最高大結實的那位是胡直，體型胖胖的是黃子祺，身材最矮小的是高立民，他們都是我爹爹的弟子呢！」

她語氣一頓，卻眉頭輕皺，帶些疑惑地繼續說：「唯獨穿白衣的那一位，我從沒見過。」

這四位小郎君的身高，雖然跟那些大漢相差了一大截，卻比他們更有氣勢，特別是那位穿白衣的小郎君。

他一跑出來，便狠狠地指着那幫人，沉聲地喝罵道：「你們身為男子，當街欺負弱女子，不覺得丟人嗎？」

另一位有點胖的黃子祺交叉着雙

手，語帶威脅地說：「你們快走，否
則我們要報官了！」

　　他們真的氣勢十足，那幫兇巴巴
的大漢居然也被他們嚇住，只回頭狠
狠地瞪了慧珠一眼，便悻悻然地離開
了。

　　確定那幫惡人走遠後，四位小郎

君才回過頭來，關切地問道：「你們沒事吧？」

慧珠趕緊朝他們作了個揖，感激地說：「全靠四位小郎君出手相助，那些惡人才不敢胡來，真的很感謝你們呢！」

高立民搖了搖手上的小摺扇，溫文地一笑道：「小娘子別客氣，這不算什麼！」

胡直拍了拍胸膛道：「沒錯，我們是男子漢，當然應該見義勇為！」

樂心讚賞地點點頭道：「你們真勇敢！」

海詩定睛看着那位白衣少年，好奇地問道：「請問這位小郎君高姓大名？剛才全賴你大喝一聲，才把那幫壞人嚇跑，謝謝你！」

那位小郎君還未及開口，旁邊的高立民已一搭他的肩膀，呵呵笑道：「他叫周志明，剛搬來藍天城不久，是我們剛認識的新朋友！」

「原來是新鄰居？歡迎來到藍天城啊！」慧珠大方地朝周志明點點頭，回頭指了指僖來茶坊，熱情地相邀道：「大家剛才應該還沒盡興吧？不如進來再喝一口熱茶，好嗎？」

難得慧珠主動相邀，四位小郎君也爽快地答應：「好極了！」

慧珠的母親吳大娘在店內目擊了一切，見她們四人身陷險境，本打算不顧一切地上前營救，幸得四位小郎君及時出手解圍，心中自然十分感激。

故此當她一見慧珠帶着他們進來，便立刻上前吩咐慧珠道：「快帶客人到二樓的廂房，我要

親自下廚做幾道小菜，款待這幾位熱心的小郎君！」

「遵命！」慧珠朝吳大娘扮了個鬼臉。

位於二樓的廂房面積十分寬敞，中央除了放着一張招待客人的大圓桌外，左側一角還有一張偌大的書案，案上文房四寶齊備，書案的後方還置有一座精緻的山水屏風，四周牆角放着當季的盆栽，布置得素雅怡人。

大家入座後不久，吳大娘便捧着一個紅木托盤進來，熱情地招呼道：「請大家嘗嘗我的手藝啊！」

托盤上有八個白瓷碗，碗內各放着一個橙子，橙子皮上還雕上了漂亮的花紋。

胡直一看，忍不住讚歎道：「哇，

橙子皮上的花紋很精緻啊！」

　　高立民見碗內只盛着橙子，禁不住面露失望之色：「這道菜就只有橙子嗎？」

　　「當然不是，這道菜叫『蟹釀橙』！」慧珠歪着嘴巴一笑，隨即把一個橙子的頂部揭開，只見原來內有

乾坤。

　　周志明仔細地一看道：「你們把果肉挖走，換上金黃的蟹肉，酸酸甜甜的，配搭挺新穎啊！」

　　吳大娘見他說得有板有眼，也就推介得更起勁了：「沒錯，這道菜我是把蟹肉混和了橙汁、酒和醋，再入鍋蒸熟，特別能襯托出蟹肉的鮮味，

你們嘗嘗看！」

　　樂心和小柔剛才為了躲避壞人，已經大半天沒有進食，如今正是飢腸轆轆，香噴噴的肉香一旦撲鼻而來，頓時顧不上禮儀，只匆匆向吳大娘說了一聲「多謝」，便提起筷子吃了起來。

　　其餘各人也不再客氣，都大口大

口地吃了起來。

　　慧珠見他們吃得暢快，自然也很高興，不一會又從廚房裏捧出一碟呈卷狀的菜餚。

炸雞簽！

樂心滿心歡喜地喊道：「這是『炸雞簽』，對嗎？」

　　慧珠睜大眼睛看着樂心和小柔，驚訝地問道：「你們也知道這道菜嗎？」

完成！

小柔笑着點點頭：「這是以雞脯肉作餡的卷子，做法比較繁複，要先用皮包住餡料，然後把它蒸熟，再放進鍋裏炸，吃起來口感十分香脆，對不對？」

慧珠見她說得頭頭是道，頓時心生佩服：「哇，原來你們都是美食大師呢！」

樂心一臉不好意思地笑道：「我們都只懂吃，不會做呢！」

慧珠吐了吐舌頭笑道：「我也只是從娘親身上偷師而已！」

當他們都吃飽喝足後，黃子祺撫

着脹鼓鼓的肚子，笑着提議道：「今天是上元節，不必急着回家，不如一起玩些遊戲？」

「什麼遊戲？」慧珠疑惑地問。

高立民思索了一下道：「我們有八個人，不如玩投壺吧？」

慧珠興奮地拍掌附和：「好主意啊！」

第五章　不歡而散

聽到大家提出要玩投壺，慧珠開心極了，立即興致勃勃地領着大家一起來到茶坊的中庭位置。

中庭的四周植滿翠綠的竹子，中央建有一座小涼亭，供客人聊天納涼。

待他們走進涼亭坐下後，慧珠取出一個高身的青銅壺，把它們放在跟涼亭有三支箭距離的地方。

這個青銅壺的形狀既高且窄，壺口非常狹小，壺身兩旁還有一對空心的壺耳。

慧珠把投壺放好後，回頭詢問大家：「你們懂得投壺的規則嗎？」

黃子祺笑着聳了聳肩：「有什麼難的？不過就是把箭投

進壺中，以投中的箭最多為勝嘛！」

樂心環視了眾人一眼，計算了一下道：「我們男女各有四人，正好可以分成兩隊。我們每人輪流投射三次，投中壺口算一箭，投中壺耳算半箭，看哪一隊得箭最多，好不好？」

大家見她說得清楚明白，都沒有任何異議。

高立民把小摺扇輕輕一收，朝慧珠做了一個請的手勢，微笑着道：「吳小娘子是主人家，就由你先發第一箭吧！」

「好的！」慧珠也不推讓，爽

快地取起一支箭，瞄準壺口便扔了過去。

不過她有點用力過度，那支箭「嗖」的一聲，遠遠地落在壺的後方。

「怎麼會這樣的？」慧珠一跺腳，立即回身取起另一支箭，接連再擲了兩次，可惜全部落空。

「你們小娘子的投壺技術，也實在太弱了吧？」黃子祺連聲嘖嘖，然後緩緩地站起身來，隨手取起一支箭便投了出去。

「哐噹」一聲，羽箭準確地落入壺口之中。

哐噹！

黃子祺高興地一擊拳，連忙回頭朝慧珠炫耀地揚了揚眉。

但也許他就是太得意忘形了，接下來的兩次投射都投了個空，最終也就只能取得一箭的成績。

「你們這些小郎君，也不過如此吧？」海詩笑着回敬了他一句。

然而，海詩的投壺技術也不見得特別出色，三支箭就只進了一支，而且還是投進壺耳內，只能算是半箭。

「原來要投中也不容易啊！」海詩搖搖頭苦笑。

胡直站起身來，把寬闊的衣袖往

上一将，一臉自信地說：「讓我來試試吧！」

　　他雖然長得比別人結實，投箭力度的確是十足，但眼力卻不怎麼樣，總是無法瞄準目標，最終也只投中一箭。

　　大家的投壺技術似乎都是半斤八兩，當高立民、周志明和小柔也相繼投射完畢後，兩隊的成績是三箭半對一箭半，小娘子們暫時落後兩支箭的距離。

　　於是，最後出場的樂心，便成為

了勝利誰屬的關鍵。

　　在大家的灼灼目光下，樂心仍然從容不迫地取起一支箭，半瞇着眼睛瞄準壺口的位置後，才把箭不徐不疾地扔出去。

羽箭直入壺口，發出清脆的一聲
響。

當大家還未來得及張口叫好，樂

心已接連再投出兩箭，而且全部直入壺口，一舉取得三箭。

於是乎，總成績原本只有一箭半的小娘子們，即時變成四箭半，反敗為勝。

慧珠、海詩和小柔自然驚喜萬

分，就連站在旁邊觀戰的客人們，也忍不住為樂心拍掌歡呼。

高立民輕搖着扇子，一臉佩服地笑說：「樂心小娘子果然技術高超！」

胡直也笑着回道：「我輸得心服口服！」

只有黃子祺交叉着雙手，一臉不服輸地說：「你們只是運氣好而已，找一天我們再比一次，一定可以贏回來的！」

周志明目光一亮，興奮地拍掌笑道：「好啊，下次你們可以來我家的茶坊，再大戰三個回合！」

慧珠心頭一跳，問道：「你家也是開茶坊的嗎？」

高立民似乎聽出有什麼不妥，臉上頓時有些遲疑，立在一旁不敢回話。

倒是胡直心直口快，想也沒想便衝口而出：「他家的茶坊，不就是對面的悅來茶坊嘛！」

霎時間，不單止是慧珠，就連海詩、樂心和小柔，都同時臉色一變。

海詩揚了揚眉，恍然地冷笑一聲：「怪不得剛才你只是威風地大喝一聲，便能把一大幫惡霸嚇跑，原來

因為你就是悅來茶坊的小少爺啊！」

慧珠頓時火冒三丈，氣呼呼地盯着周志明道：「好啊，原來你如此熱心地為我們打抱不平，就是想借機接近我們，打探僖來茶坊的情報，對吧？」

周志明見她們誤會了，忙慌急地連聲解釋道：「不是這樣的，我並非存心要打探什麼，真的只是剛巧碰上而已！」

高立民、胡直和黃子祺也趕忙幫腔道：「對啊，你們千萬別誤會，我們完全沒有任何壞心思的！」

小柔皺着眉心，忽然像想起什麼似地插嘴：「那幫惡霸欺負我們的時候，你們好像就是從僖來茶坊跑出來的吧？」

海詩的臉色立時一寒，一字一句地質問道：

「如果你們沒打什麼壞主意，為什麼放着自家的豪華茶坊不去，偏要跑到我們這家小店來？」

周志明一時為之語塞，結結巴巴地說：「我……我只是想換換口味嘛！」

一直保持中立的樂心，見他的理由如此薄弱，也不禁搖了搖頭道：「連你自己也無法自圓其說，讓人怎麼相信嘛！」

聽到此處，慧珠再也忍不住，板起了臉孔，冷冷地對周志明說：「這兒不歡迎你，請你立刻離開！」

請你立刻
離開！

　　周志明見慧珠竟然下逐客令，不
禁既難堪又委屈，一張臉孔頓時由紅
轉黑，於是也不願再多作解釋，立即
三兩步奔下樓去。

　　高立民、胡直和黃子祺見他們忽
然鬧翻，也不禁有些窘困，只好匆匆
跟着告辭離開。

坐在樓下
櫃台前的吳大娘，見一眾
小郎君突然怒氣沖沖地離開，不禁
詫異地上前查問：「慧珠，你怎麼跟
客人鬧起來，是發生什麼事了嗎？」
　　慧珠仍然氣憤不已，咬牙切齒地

說：「阿娘，他們不是客人，而是悅來茶坊派來的奸細，你下次見到他們，千萬別讓他們進來啊！」

第六章 冤家路窄

　　氣呼呼地把四位小郎君趕走後，慧珠的心情仍然未能平復，海詩、樂心和小柔便留在茶坊裏，跟她有一搭沒一搭地閒聊起來。

　　「慧珠你別生氣，以後我們都別再搭理他就好了！」海詩狠狠地說。

　　樂心卻毫不動氣，只淡然一笑地說：「其實你們不必跟他計較！」

　　她抬頭環視了一眼廂房，

好整以暇地笑說：「你們看這兒的屏風，牆上的掛畫，與几案上的盆栽，比起悅來茶坊的金碧輝煌，不是顯得更清雅脫俗嗎？」

「不錯，我也覺得這兒的布置有品味得多，特別是牆上的掛畫，全部都是名家的真跡呢！」小柔也連聲附和。

慧珠見她們對這些掛畫如數家珍，忍不住訝異地回頭看着她們。

二人身上的衣裳雖然並非很華麗，但都是以上等絲綢製成，尤其是樂心那件紫紅色衫裙，上面的牡丹花

刺繡，手工極其精細講究，絕非尋常
百姓可比。

　　慧珠不禁疑惑地問：「你們是從
哪兒來的？」

小柔頓時一怔，一時竟不知該怎麼回答。

　　樂心倒是神色自若，淡淡地笑道：「我們家位於近郊的地方，比較偏遠，平日很少到處走動，所以才趁着上元節，進城見識一下！」

　　海詩忽然目光一閃，興奮地提議道：「我家距離茶坊不遠，不如你們來我家小住數天，我可以充當嚮導，帶你們到處遊覽啊！」

　　樂心不由得有點心動，回頭跟小柔交換了一個眼色，欣喜地說：「這個主意不錯啊！」

「那麼，我現在就帶你們回家歇息吧！」海詩坐言起行，立刻領着大家離開茶坊，向着自己家進發。

　　海詩的家是一座兩進式的四合

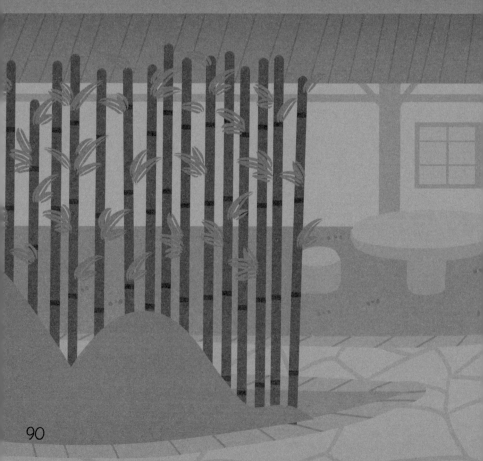

院，前院的花圃栽種着豔麗的花，而
在前院和內院間的過道，則以一排翠
綠的竹樹和假山作為天然的屏障，前
方還建了一個小魚池，池中植着荷

花，十分清幽雅致。

此時已接近三更時分，海詩父母早已入睡，院子內一片靜寂。

海詩只好直接領着慧珠、樂心和小柔，來到位於西面的廂房歇息。

第二天早上，當樂心和小柔剛睜開眼睛，便聽到一陣抑揚頓挫的朗讀聲。

「奇怪，庭院內怎麼會傳來朗讀聲的？」樂心好奇地問。

就在這時，海詩和慧珠在門外喚道：「樂心，小柔，你們快來廳堂用早點啊！」

樂心和小柔急忙起牀梳洗，一邊隨着她們走向廳堂，一邊好奇地問道：「海詩，這些朗讀聲是怎麼回事？」

慧珠立刻搶着解釋道：「位於前院的座房，是謝夫子開設的私塾，學生大多都是名門子弟，就連高立民、胡直和黃子祺，也是拜在他門下的學子呢！」

「海詩，原來令尊這麼厲害啊！」小柔驚訝地喊。

樂心忽然心頭一動，有些不敢置信地試探着問：「我曾經聽聞藍天城

內，有一位著名的謝夫子，得意弟子
滿天下，指的難道就是令尊嗎？」

海詩驕傲地笑着點了點頭：「吃
完早點後，我帶你們去看看！」

樂心、小柔和慧珠都對私塾十分
感興趣，草草吃完早點後，便迫不及
待地纏着海詩帶她們去參觀。

然而由於上課的學生都是小郎
君，她們不好明目張膽地上前窺探，
海詩於是帶着她們來到那座假山旁，
以一排竹樹作掩護。

私塾內坐着十多位衣着光鮮的小
郎君，坐在最前方的謝夫子正手執一

本小書，用心地解說着：「今天我要為大家介紹的，就是由我們大宋才女李清照所寫的《如夢令·昨夜雨疏風驟》。」

慧珠一聽，不禁低聲說道：「我

知道這首詞，謝夫子前陣子已經教過我們了！」

樂心驚訝地問：「慧珠，原來你也是謝夫子的弟子嗎？」

慧珠不好意思地搔着頭，呵呵笑道：「其實不算是正式的入門弟子啦，我只是幸運地結識了海詩這位好朋友，堅持要讓我陪她一起學習，才能有幸得到謝夫子的教導呢！」

就在這時，謝夫子指着一位小郎君道：「周志明，請你背誦一遍這首詞吧！」

「周志明？」慧珠心頭一動，忙

踮起腳尖從樹隙間窺探。

　　一位小郎君應聲站了起來，那張
熟悉的臉孔，果然正是剛跟她鬧翻了
的周志明！

　　「那傢伙怎麼也在這兒？」她頓
時有些不悅。

海詩也大感詫異，一臉迷惘地撓着鬈曲的頭髮道：「他什麼時候當了爹爹的弟子了？怎麼我從來沒有見過他？難道是新來的？」

猛然被謝夫子點名，周志明有些不情不願地站起身來，但他對李清照這首詞似乎不太熟悉，只有短短數句也唸得結結巴巴：「昨夜雨疏風……驟……，濃睡……不……殘酒……」

聽到周志明背得斷斷續續，慧珠「嗤」一聲笑了出來，故意朗聲地背誦起來：「昨夜雨疏風驟，濃睡不消殘酒。試問捲簾人，卻道海棠依舊。

知否，知否，應是綠肥紅瘦。」

正在上課的小郎君們聞聲，都不約而同地扭頭，向着內院的方向望來。

當他們發現在那排竹樹後面，原來躲着幾位小娘子時，即時引起一陣哄動。

愛搗蛋的黃子祺更出言嘲笑道：「周兄，不如你請那位小娘子過來幫幫忙吧，嘿嘿！」

他此語一出，小郎君們都忍不住哄堂大笑，令周志明尷尬得臉上一陣紅一陣白。

為了挽回面子，周志明待課堂一結束，便急步跑上前來，當眾向慧珠喊話：「我今天是第一天上課，書背不出來也不足為奇。如果你真的想跟我比高低，不如我們比一比別的吧？」

　　慧珠瞪着他，輕哼一聲道：「你想怎麼比？」

　　周志明想了一下道：「既然大家都是開茶坊的，不如鬥茶吧，怎麼樣？」

　　「好呀，鬥就鬥，難道我會怕你？」慧珠不假思索便一口答應。

第七章 誰是真功夫

　　所謂「鬥茶」，就是雙方各自以點茶的手法進行烹茶，然後再就茶湯的顏色、湯花及味道等各方面進行品評，看看誰的點茶手藝更高明。

　　經過一番商議後，慧珠和周志明決定從黃曆中選定良辰吉日，於兩家的茶坊門前進行公開比試。

　　他們還分別於自家茶坊門前張貼告示，廣邀街坊顧客們前來觀戰，為他們加以品評。

　　喜歡湊熱鬧的街坊見有好戲看，

自然十分歡迎，消息一經公布，不消半天便傳遍了整個藍天城。

當海詩、樂心和小柔聽到消息，都趕忙跑到僖來茶坊，擔心地問：「慧珠，你真的會點茶嗎？」

樂心還熱心地補上一句：「我對點茶也略知一二，如果你有需要，我可以助你一臂之力啊！」

慧珠倒是信心十足地拍了拍胸膛道：「放心吧，我的點茶手藝可不弱，除了我娘外，茶坊裏的伙計們都比不過我呢！」

她邊說邊走到一個櫃子前，從中

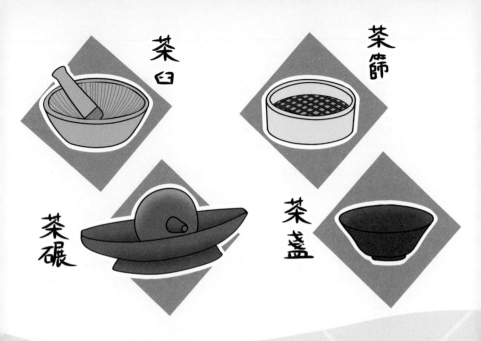

茶臼

茶篩

茶碾

茶盞

取出十多件茶具器皿，獻寶似地往桌
上一放：「這套茶具是祖父創辦茶坊
時用的，外表雖然是有點老舊，但做
出來的茶湯，反而特別香醇呢！」

　　只對閱讀感興趣的海詩，對茶藝
一竅不通，見桌上的茶具外形古怪，

茶筅

茶壺

茶托

不禁興趣盎然地說：「慧珠，點茶到底是怎麼回事？不如你先演練一次，好讓我們也開開眼界嘛！」

「好呀！」慧珠欣然答應，並走進專門放置茶葉的房間，從一個竹籠子裏取出一塊圓圓扁扁的茶餅，把它

放進木制的茶臼裏。

　　「我要先把茶餅放進茶臼，把它搗碎，然後再碾成茶末。」慧珠邊說邊取起木搥子，一下接着一下地搗着茶餅，待茶餅變成碎屑後，再放進一個茶碾中來回碾壓，直至所有碎屑都

變成粉狀。

　　「別以為把茶磨成粉末就完事了！」慧珠輕輕一笑，取起一個羅布製成的小茶篩，一邊示範一邊解說：「還要把粉末放進這兒，將一些粗糙的顆粒篩走。」

好一會後，她把茶篩反了過來，
向大家展示篩好的茶末：「你們看！」
　　海詩伸手掂了掂茶末，滿意地點
點頭道：「果然特別均勻細滑啊！」

你們看！

慧珠欣喜地一笑：「這些都只是預備功夫，接下來才是真正的點茶呢！」

她先把茶末放進一個黑色的茶盞內，提着剛燒開了的水壺，一邊往茶盞內注水一邊說：「每次只注入少量開水，然後加以攪拌，直至把茶湯調成泡沫狀。」

她取起一個茶筅，把茶末擊拂了一陣子，接着再注水，再擊拂。

就這樣重複六、七回後，慧珠終於停下來，興奮地喊：「好，大功告成！」

黑色的茶盞內，是一杯青白色的茶湯，茶湯的表面泛起一層厚厚的泡沫。

海詩、樂心和小柔異口同聲地讚道：「慧珠，你的點茶技術很好啊！」

慧珠連連擺手，紅着臉笑道：「我的技術其實很一般，還得加緊練習呢！」

萬眾期待的鬥茶比試終於要開始了，慧珠和周志明都打扮得十分得體，分別坐在自家茶坊門前，當眾進行點茶。

街坊鄰里們都擠在店前圍觀，邊看邊高談闊論，氣氛非常熱鬧。

經過多次的反覆練習後，慧珠對自己的手藝充滿信心，剛在位置上坐

下來，便一臉淡定地開始碾茶。

她那純熟的手法，獲得不少坊眾的稱許：「僖來茶坊的點茶手法果然了得啊！」

她的對手周志明也不遑多讓，甫一出場便取出一套精美的黑色茶具，朗聲向羣眾介紹道：「各位街坊，快看我這套茶盞，是產自建州的建盞呢！」

大家一聽頓時炸開了鍋，立馬起哄地圍了上前。

親眼看到茶盞的人，都不禁嘖嘖連聲地讚歎：「建州的茶盞果然名不

虛傳，色澤真的特別光亮啊！」

　　站在他旁邊的高立民、胡直和
黃子祺，更是熱烈地向大家推介道：
「為了這次比試，周小郎君特意跑到
山上，盛了一大桶山泉水，保證茶湯

一定香醇呢！」

經他們這麼一說，原本圍在慧珠那邊的羣眾，都轉而跑到周志明那兒去了。

慧珠頓時心下一沉。

「他們只是虛張聲勢而已，我們不要自亂陣腳！」樂心趕緊安慰道。

海詩瞟了周志明一眼，一臉不屑地說：「沒錯，我們慧珠是真材實料，才不必靠這些花巧的東西取勝！」

不知是否就是因為她的茶盞不及周志明的名貴，又或是她的茶湯是井水而不是山泉水，還是

她真的技不如人，總而言之，街坊們都一致推舉周志明的茶湯略勝一籌。

對於這個賽果，慧珠自然深感不公，滿臉不服氣地抗議道：「不行，這不公平！」

周志明很不以為然地反問道：「比試全程都是公開的，賽果也是

由坊眾們議決推舉的，怎麼會不公平？」

慧珠指着周志明桌上的茶具，氣呼呼地說：「你們家用的茶具和物料，都是最奢華講究的，我只是輸給了茶具和山泉水，但若單純論點茶技巧，我相信絕對不輸於你！」

周志明還未及回應，高立民已踏前一步，搶先為他辯護道：「鬥茶就是什麼都要鬥一番，茶具和水源自然也不能例外啊！」

樂心微微一笑，不急不緩地反駁道：「整個藍天城內，誰人不知周家

實力雄厚？如果你們二人要比試，自然是應該比試點茶的技巧才有意思，對吧？」

思路敏捷的海詩，立刻跟着接口：「既然要比試點茶技巧，雙方當然都要使用相同等級的茶具和材料，才能顯出真功夫啊！」

小柔也趕忙應和道：「對，以財力來定勝負，實在勝之不武啊！」

對於四位小娘子的連串質問，周志明有點無力招架，只好無奈地攤了攤手道：「那麼你們想怎麼樣？」

「當然是重新再比一場啦！」海

詩不假思索地答。

　　「不過，這次我們得加一點新玩法！」樂心嘴角往上彎，露出一絲耐人尋味的微笑。

# 第八章　茶湯上的畫作

　　樂心忽然提出新的比試方式，周志明和慧珠都是一怔，不約而同地問：「什麼新玩法？」

　　「就是比試分茶的手藝啊！」樂心朝他們一眨眼睛。

　　胡直皺了皺眉道：「什麼是分茶？」

　　高立民搧着小摺扇，裝出一副專家的樣子，搖頭擺腦地解釋道：「分茶的技巧，是指注水進茶湯時，能在茶湯的泡沫上，顯現出生動的圖案。」

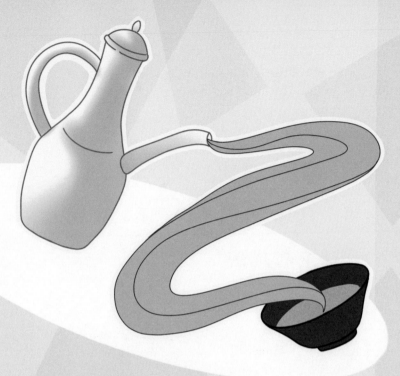

　　周志明皺起眉頭，一臉為難地
說：「這種手藝，只有大師級水平的
高手才能辦得到，我們都只是孩子，
怎麼可能做到？」

　　樂心一揚眉，從容不迫地笑說：
「還有一種較簡單的做法，就是以茶

膏作顏料，茶勺作畫筆，在茶沫的表面上作畫，看誰畫得更生動更持久！」

周志明恍然地點點頭道：「這樣聽起來似乎可以。」

慧珠也蠻感興趣地說：「在泡沫上作畫，好像挺好玩啊！」

「不過有言在先，這次大家所用的物料都必須完全一致，以示公平啊！」海詩不忘提醒道。

茶膏

茶勺

「我到你們店裏，用你們提供的工具和材料，這樣總可以了吧？」周志明把自己的茶具往桌上一扔，二話不說便向着傷來茶坊走來。

傷來茶坊的伙計們見狀，馬上為周志明張羅了一桌茶具用品，待一切準備就緒後，第二回合的比試便正式開始。

然而，從未在茶湯上作過畫的慧珠，一時間卻想不出該畫些什麼。

她一邊碾着茶葉，一邊苦惱地向樂心和小柔請教：「在茶沫上作畫，可以畫些什麼？」

「畫山、畫水，又或者花、鳥、蟲、魚，什麼都可以呀！」小柔豎起指頭算起來。

樂心只聳了聳肩，嫣然一笑道：「我對牡丹有特殊的偏愛，每次繪畫，牡丹都是我的不二之選，頂多會再加一雙蝴蝶作點綴。」

「唷，這樣的配搭挺可愛啊！」慧珠對牡丹的主題也很感興趣，於是也不再多想，完成茶湯後便立刻提起小茶勺，沾一點濃稠的茶膏，開始在茶沫上作起畫來。

好一會兒後，雙方都完成了。

慧珠參照了樂心的意見，畫了一幅生動的牡丹蝴蝶圖，而周志明卻似乎沒有什麼繪畫天分，只畫了一幅筆法非常簡單的雀鳥山水圖。

兩杯茶湯放在一起，即時高下立見。

圍觀者一看到慧珠的畫作，便忍不住誇讚道：「哇，這幅牡丹蝴蝶圖好精緻！」

　　當中有人更指着茶湯上的蝴蝶，驚喜地喊道：「你們看，那隻伏在牡

丹花上的蝴蝶，畫得像真的一樣靈動呢！」

由於茶湯上的畫作轉瞬即逝，坊眾們都爭先恐後地圍上來，想要一睹畫作。

霎時間，整個街頭都沸騰起來，大家都對慧珠讚不絕口：「這位小娘子的手藝果然高明啊！」

海詩回頭朝周志明一昂首，得意地笑道：「聽到了吧？你輸了啊！」

周志明交叉着雙手，輕哼一聲道：「你們圍在一旁協助她，畫作根本不是她自己獨力完成的，我不

服！」

　　樂心急忙澄清道：「我們只是給了她一些建議而已，並沒有出手幫忙啊！」

　　「對呀，整幅圖都是慧珠自己親手繪畫的，在場圍觀的坊眾們都可以作證啊！」小柔也連忙插嘴道。

　　高立民搖着小扇子，一本正經地說道：「三個臭皮匠，也能勝過諸葛亮，更何況你們總共有四個人，當然可以輕易取勝啦！」

慧珠心中也明白，若非有樂心在旁指導，單憑她自己一個人，的確不可能描繪得如此生動。

她思量了片刻後，忽然毅然提出道：「我們雖然各勝一場，但大家對於賽果都有些不滿，那麼不如我們再多比一場吧！」

周志明皺了皺眉：「你還想比什麼？」

慧珠眼珠伶俐地一轉，一臉自信地昂起頭笑道：「這一次，我們來比一比廚藝吧，怎麼樣？」

周志明心中暗叫不好，但在眾目

睽睽之下，他又不能示弱，只好若無其事地聳了聳肩，裝出一副胸有成竹的樣子道：「當然沒問題，你想如何比試？」

慧珠沉吟了半晌，才緩緩地說：「我們分別做三道拿手菜式，像今天一樣，讓各位街坊們親自品評，一場定勝負！」

「沒問題！」周志明不假思索地答應。

倒是高立民比較理智，在旁出言提醒道：「為免再起爭端，我建議你們要先擬定好比賽規則啊！」

他們雖然都認同高立民的話，但對於該定什麼規則才算公平，二人都茫無頭緒。

黃子祺見他們如此苦惱，一臉不解地攤了攤手道：「只要雙方都用指定的食材和器具，不就可以了嗎？」

樂心接着補充道：「至於食材的配搭及烹調手法，則可以自由選擇，這樣不但公平，還能考驗雙方的手藝和心思呢！」

「嗯，這個主意還可以啊！」周志明點了點頭。

「好，那麼我們就一言為定！」

慧珠跟周志明一擊掌。

雖然分茶比試已經完結，但小娘子在茶湯上繪出牡丹蝴蝶圖的消息，卻成為全城熱話，令僖來茶坊在短短一夜間，名揚整個藍天城。

如此一來，慧珠和周志明的廚藝比試便再次備受關

注，有人甚至將他們倆的表現，視為兩家茶坊優勝劣敗的指標。

慧珠不禁有些懊悔地托着頭，咕嚕着道：「早知如此，我便不再跟周志明比試了！如今我們的比試，已不再單純是個人的勝負，而是牽連到兩家茶坊之間的榮辱了！」

吳大娘對女兒倒是充滿信心，伸手輕撫了一下慧珠的髮鬢，柔聲地笑道：「你本來就有當廚娘的天賦，更何況有娘親當你的軍師，只要你肯用心學習，保證可以輕易勝出！」

有娘親在旁鼓勵，慧珠即時轉憂

為喜：「我娘真是太好了！」

在接下來的好幾天，慧珠便用心地跟隨娘親學習廚藝。

為了能在短時間內提升慧珠的廚藝，吳大娘按照她的程度，專門為她設計了幾道合適的小菜，並且順着烹調的步驟，逐一向她詳細解説和示範。

慧珠把娘親所授的秘訣一一記錄下來，然後窩在廚房裏反覆練習，再把熱騰騰的菜式，往好友海詩、樂心和小柔面前一推，滿懷期盼地説：「你們快來嘗嘗看！」

你們快來嘗嘗看！

　　慧珠一道菜接着一道菜的做，而她們便一道菜接着一道菜的吃，直至把大家的肚子都餵得脹滿滿為止。

　　隔天早上，這三位好友為免把肚子吃壞，都故意不吃早點便來到茶坊。

然而，慧珠一大早便不見蹤影，直到接近午時，才見到她扛着兩大桶水，氣喘吁吁地走進茶坊。

　　樂心詫異地問道：「慧珠，你在幹什麼？」

　　「你到底跑到哪兒去了？我一直在等着吃你做的菜，肚子都餓扁了

呢！」海詩揉着肚子抱怨。

　　慧珠這才想起自己跟她們約好了，頓時不好意思地連聲說：「對不起，今早我特地跑上山打了兩桶山泉水，以備明天比試時用，一時忘了要為你們做菜呢！」

「哇，用清澈的山泉水做出來的菜式，一定會特別鮮美呢！」小柔雙手合十，臉上充滿着期待。

至於慧珠的對手周志明，當然也不敢怠慢，同樣每天都在鑽研廚藝和新菜式，希望能跟慧珠堂堂正正地較量一次。

這天晚上，是比試前夕的最後一夜，慧珠和周志明都留在店內，為明天的比試進行最後的練習和準備。

為了比試時能發揮得更好，周志明躲在廚房內，預備把菜式重做一次。

他忙了大半天，好不容易把食材都處理好，並且全部放進鍋裏燒開後，他才總算滿意地微微一笑：「好了，終於來到最後一步呢！」

他隨手拿起一把草扇子，守在灶台前，以便隨時為灶台添柴搧風。

這時夜色已深，窗外的晚風徐徐輕拂。

　　連續忙了好幾天的周志明，一坐下來便不免有些倦意，在晚風的輕撫下，不知不覺便打起瞌睡來，連手上握着的扇子，也撲倒在灶口邊上去了。

不知過了多久，鍋裏的水被燒乾，鍋也被燒焦了，灶內的柴火開始越燒越旺。

就在這時，一陣風從窗外吹進來，把一點火舌吹到灶旁的扇子上。

火舌剛剛落在草扇子上，當即燃燒起來，還迅速波及兩旁的雜物。

不消片刻，四周

已燃起一片熊熊的火焰，烏黑的濃煙
逐漸在室內蔓延。

正在酣睡中的周志明，立時被濃
煙嗆醒過來。

「怎麼回事？」他連連咳嗽着，
緩緩地睜開惺忪的眼睛，腦筋仍然有
點迷糊。

當他終於回過神來，知道廚房失

火的時候，他已被大火包圍起來！

　　由於他身處的位置跟門口只有數步之遙，他好幾次試圖想衝出去，然而火勢十分猛烈，被大火重重圍困的他，無論如何也逃不出去。

　　在無計可施下，他只能驚惶地放聲大喊：「走水了，救命呀！」

　　只可惜此時已是深夜時分，茶坊

的伙計們早已歸家，就連外面的街道
也是靜寂一片。

　　所有人都正身在夢鄉，根本沒有
人會聽到他的呼救聲。

　　「怎麼辦？」周志明驚惶失措。

第十章　智勇雙全

接近三更時分，整個藍天城都已進入夢鄉。

此時此刻，除了周志明外，相信只有一個人還未入睡，那就是正處身於僖來茶坊內的慧珠了。

慧珠跟周志明一樣，一直留在僖來茶坊的廚房內，為明天的廚藝比試作最後準備。

當慧珠握着刀，專心一意地把砧板上的肉，一刀一刀地切成絲狀時，忽然隱約聽到有人喊了一聲「救

命」，聲音卻又似有還無。

　　慧珠疑心自己聽錯了，正欲側耳
傾聽，一股濃烈的燒焦的氣味，從窗
外撲鼻而來。

「不好了，一定是哪兒失火
了！」慧珠心下一驚，忙扔下手上的
刀，急匆匆地跑出茶坊。

她跑到門外一看，只見一團團沖
天的黑煙，正不斷地從五層高的悅來

茶坊裏冒出來。

　　「救命呀，走水呀！」慧珠再次
聽到喊聲。

　　這次她聽得清楚，原來喊聲是從
悅來茶坊的後門傳來的！

她急忙跑到悅來茶坊的後門一看，只見廚房內是一片火光熊熊，穿着綢緞衣裳的周志明，正身陷火海之中，惶恐地大聲呼救。

　　「周小郎君，你別怕，我來救你！」慧珠立刻欲上前營救，但無奈廚房的入口及窗戶，都已被大火重重包圍，根本無法進入。

　　站在廚房門外的慧珠，眼見周志明跟自己幾乎就是伸手可及的距離，卻又欲救無從，不禁急得抓耳撓腮：廚房出口完全被封住了，怎麼辦？即使我現在去打水，也未必能趕得及啊！

　　就在這危急關頭，慧珠忽然靈光一閃，驚喜地說：「我想到辦法了，

周小郎君你要堅持住，我很快便回來。」

　　她心急火燎地轉身便往回跑，一口氣直奔進自家茶坊的廚房，先隨手取起一條濕毛巾束在口鼻間，然後提

起那桶從山上扛回來的山泉水，一路
往外跑。

　　她挽着水桶急奔到火場門外，毫
不猶疑地把整桶山泉水向周志明的位
置潑了過去，隨即又折了回去，提着

　　另一桶山泉水再潑了一次。

　　前後潑灑了兩桶水後，周志明身
前的火勢，迅即減弱了不少。

　　慧珠便趁着這個空檔，一鼓作氣
地衝進廚房，把已被濃煙燻得有些暈

　　眩的周志明，半拉半拖地扛離火場，

把他帶到對面的僖來茶坊。

　　經過一番擾攘後，附近的街坊鄰

里相繼被走水聲驚醒，才陸陸續續的從四面八方跑過來幫忙。

然而，坊眾們家裏的存水都很有限，他們只能從井裏打水，再一桶一桶的提過來，滅火的速度當然無法趕得上火焰燃燒的速度。

火勢於是一發不可收拾，不過頃刻之間，便把整幢五層高的大樓全部吞噬。

這時，吳大娘、海詩、樂心和小柔都聞聲而至，當她們找到慧珠後，都着急地把她重頭到腳審視一番，關切地連聲追問：「慧珠，你沒事吧？

有沒有受傷？」

　　「當然沒事！」慧珠得意地一笑，回頭指了指坐在旁邊的周志明，「我還把他救出來了呢，屬害吧？」

大家這才注意到她身旁的周志明，於是也上前關心地問道：「周小郎君，你沒事吧？」

不過也許是受驚過度，周志明只無力地癱在椅子上，一雙眼睛顯得有些呆滯，聽到他們的提問也沒有作聲，只略微搖了搖頭，算是回應。

雖然如此，但大家見他神智清醒，身上的衣服又完好無損，估計他應該沒什麼大礙。

小柔見大家都安然無恙，才安心地噓了口氣道：「這場火來得如此兇猛，真的把我嚇壞了，幸好大家都沒

事呢！」

「慧珠，你這麼晚怎麼還沒睡啊？」海詩忽然疑惑地皺眉。

「我是在為明天的比試作準備嘛，誰知竟然碰上悅來茶坊失火，你們能理解剛才到底有多驚險嗎？」慧珠越說越起勁，當即把自己如何犧牲了兩桶山泉水、滅火救人的經過，詳細地述說了一遍。

聽到如此驚心動魄的經過，樂心吃驚得張大了嘴巴，由衷地拍掌讚道：「慧珠，你真的好勇敢啊！」

「在如此危急的情況下，你居然

還記得有兩桶山泉水，真是智勇雙全呢！」小柔也忍不住讚道。

慧珠被大家誇讚得臉紅耳熱，只好呵呵笑着擺手道：「也沒什麼啦，當時只有我一個人，總不能見死不救啊！」

海詩也欣喜地笑道：「幸虧你今早上山扛了兩桶山泉水回來，否則就真的要出大事了！」

慧珠歪着頭笑道：「對啊，沒想到這些山泉水竟然能救人一命，真不枉我辛辛苦苦把它扛回來呢！」

第十一章　天下無不散的筵席

在一眾街坊鄰里與防火士兵的齊心協力下，這場沖天大火，於接近黎明時分總算是完全撲滅了。

只可惜悦來茶坊那座華麗的五層高大樓，在這短短一夜之間，便變成了頹垣敗瓦。

豪華的茶坊一下子付之一炬，想

要把店子恢復原貌重新開業，所費的財力和心力都不會少。

　　周志明的父親經過一番盤算後，最終還是決定放棄，離開藍天城另謀生計。

　　在周家離開的那一天，周志明來到僖來茶坊，誠懇地躬身跟慧珠說：「我要走了！我知道我爹經營茶坊的手法有欠妥當，影響了你們家的生意，真的很對不起，謝謝你還不記前嫌，冒險救了我！」

　　周志明還是第一次如此彬彬有禮，慧珠看得有些不習慣，忙急急擺

着手笑道：「大家是街坊鄰里，本來就應該守望相助嘛！」

旁邊的海詩也插嘴笑道：「對啊，我們還一起吃過飯，玩過投壺，也算是朋友啦！」

周志明高興地連連點頭道：「嗯，

有機會的話，我們再一起玩投壺吧！」

這天下午，僖來茶坊擠滿了客人，吳大娘和慧珠正在店內忙得團團轉，連身為客人的樂心和小柔也忍不住出手幫忙張羅。

就在這時，一位穿着淡黃色綢緞長衫的小郎君，大步流星地走了進來。

這位小郎君看似比慧珠大上幾歲，臉容清秀，言行舉止斯文儒雅，

再加上一身華貴的衣飾，一看便知是
出自名門的貴公子。

　　慧珠連忙上前招呼道：「客官，
今天大堂太擁擠，樓上有清靜的廂
房，請隨我來！」

然而，那位小郎君並未理會她，一雙眼睛骨碌碌地直瞪着她身後。

　　慧珠回頭循着他的目光望去，發現原來他盯着的，是捧着一碟小菜站在她身後的小柔。

　　「怎麼啦？難道他是衝小柔來

的？」她正自疑惑，只見那位小郎君臉色一沉，開口喊道：「小柔！」

　　小柔不經意地回頭跟那位小郎君對視了一眼，立時嚇了一大跳，忙把手上那碟小菜往桌上一放，匆匆趕

上前來，向那位小郎君深深地作了個揖，輕聲低喚一句：「大郎君！」

那位小郎君板着臉問道：「樂心呢？」

小柔一臉惶恐，正遲疑着該怎麼開口時，恰巧樂心正捧着一碟小菜從

廚房走出來。

　　樂心看見小郎君，先是一怔，但隨即放下手上的小菜，驚喜萬分地衝上前，親暱地喊道：「大哥，你怎麼來了？」

大哥，你怎麼來了？

小郎君狠狠地瞪了她一眼，張口欲罵，但最終還是忍住了，只一臉不滿地搖搖頭道：「原來你私自離家半月，就是在這兒當店小二，也不怕阿娘擔心你嗎？」

樂心自知理虧，伸了伸舌頭，連忙討好地笑道：「大哥，我們原本只是想出來見識一下上元節的熱鬧而已，但沒想到後來卻遇上了很多事情呢！」

她隨即把她和小柔如何被壞人追蹤，慧珠如何出手相助，以及她們留下來後發生的種種，都一五一十地告

訴了哥哥。

她一邊説還一邊拉着大哥來到慧珠面前，熱切地介紹道：「慧珠，這是我大哥宏力。」

宏力得體地朝慧珠一拱手道：「吳小娘子不但見義勇為，出手幫助樂心脫險，還有勞你照顧了她多日，真是萬分感謝！」

慧珠見他一臉認真的樣子，趕緊笑着回道：「舉手之勞而已！」

「大哥，你如何找到這兒來的？」樂心好奇地問。

「你還好意思問？」宏力怪責地

白了她一眼，「你多日未歸，我們都擔心你的安危，正思忖着該上哪兒找你，卻聽說藍天城近日出了一位擅長繪畫牡丹蝴蝶圖的小娘子，我便猜想這個人可能是你！」

　　樂心吐了吐舌頭，忙討好地豎起

大哥你真聰明！

大拇指讚道：「大哥你真聰明！」

然而，宏力似乎不太受用，仍然一臉嚴肅地說：「別拍馬屁了，娘在家很擔心呢，立刻隨我回去！」

自己私自離家多日，還要勞動宏力哥哥親自找上門來，樂心自然不敢再多言，只好匆匆拉着小柔回去收拾行裝。

臨別前，樂心依依不捨地跟慧珠和海詩話別。

她們由相遇到相知，雖然只是匆匆半個月的時間，但大家卻一見如故，如今驟然要分別，無論是樂心和

小柔，還是慧珠和海詩，都十分不捨。

然而，她們心中明白，大家終究

是要分別的。

　　四位小娘子只好含着淚，互相
揮手告別：「再見了，大家都要保重
啊！」

第十二章　天下第一茶坊

　　慧珠衝進火場救人的英勇事蹟，在街坊鄰里的傳頌下，漸漸傳遍了整個藍天城，許多人都專程來到僖來茶坊，想要一睹這位小娘子的風采。

　　僖來茶坊旋即成為全城熱點，客人每天都絡繹不絕。

　　初夏的一個午後，早市的熱鬧場面剛過，茶坊的客人不多，慧珠爭取這段空檔時間，伏在桌前抄寫着晚市的菜單。

就在這時，外面傳來一陣喧囂的
人聲和鑼鼓聲，聲音響徹整條大街。

慧珠好奇地走到門外張望，只見
前方的街道上，有一隊騎兵正護送着
一輛華貴的馬車，向着茶坊的方向緩

緩前行。

　　「是發生什麼事了嗎？」慧珠正感詫異，馬車的車隊已在茶坊的門前停了下來。

　　數名穿着皇宮內侍官服的男子，捧着一個蓋着白布的牌匾，來到茶坊門前。

　　當中一位內侍官，一臉嚴肅地上前向慧珠通報道：「請吳小娘子上前回話。」

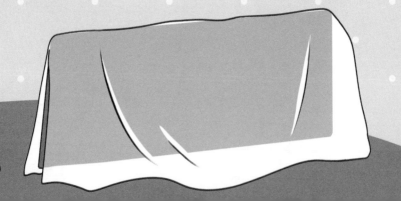

請吳小娘子
上前回話。

「怎麼會有官兵來找我的？」慧珠這一驚實在非同小可，忙急急回身去喊娘親。

吳大娘和店小二們也全被嚇壞了，一個個都戰戰兢兢地跑出來恭迎。

內侍官見大家都到齊後，便一正臉容地宣布：「聖上得知吳小娘子，

不但臨危不亂，從火場中英勇救人，還主動對徵服出遊的公主伸出援手，讓公主得保平安，可見她心地善良，聰慧果敢，特御賜牌匾一幅，以示嘉許。」

「公主？」慧珠好不詫異，正思索着內侍官口中的公主是誰時，那內侍官已揭開牌匾。

只見牌匾上寫着「天下第一茶坊」六個大字，大字的左下方，還印着朱紅色的御印。

慧珠、吳大娘和店小二們抬頭一看，都不禁既驚且喜，立刻恭恭敬敬

地上前把牌匾接過。

就在這時，一位衣着華貴的小娘子，由一位女侍從攙扶着，從馬車內款款步出。

慧珠覺得這位小娘子和女侍從都十分眼熟，凝目細看之下，才驚覺她們並非別人，正是她熟悉的樂心和小柔！

「樂心原來是公主？」慧珠這才恍然大悟。

當慧珠仍然一臉不知所措時，樂心公主已經來到她的面前，親切地握着她的手，笑意盈盈地向她問好：「慧

珠，你別來無恙吧？」

　　慧珠這才回過神來，正要向公
主行禮，樂心公主已親切地挽着她的
手，邊走邊說道：「來，我們進去聊
一會兒！」

　　樂心公主熟門熟路地走進茶坊，

一口氣來到二樓的廂房內坐下。

樂心公主握着慧珠的手，誠懇地說：「慧珠，我之前不能暴露身分，對你有所隱瞞，真的十分抱歉！」

慧珠有些受寵若驚，急忙搖搖頭道：「沒關係，我明白的！」

「真的很感謝你當日出手相助，否則後果真是不堪設想呢！」樂心公主一臉感激地說。

站在旁邊的小柔也笑着插嘴：「慧珠不但樂於助人，而且還有勇有謀，三兩下子幫我們擺脫了壞人，又冒着生命危險跑進火場救人，真是令

人佩服啊！」

　　樂心微笑着接口道：「父皇一直教導我們要以仁愛的心待人，遇上困難時更應勇敢面對，以智慧解決問題。所以當他聽聞你的英勇事蹟後，便決定親筆寫了「天下第一茶坊」的牌匾送給你，希望天下的老百姓都能以你為榜樣。」

　　慧珠激動得滿臉通紅，一個勁的搖着頭道：「真不敢當，我只是適逢其會而已，即使換了別人，相信也一定會這麼做的。」

　　樂心欣喜地點頭道：「如果每個

人都能以禮待人，善良勇敢，我相信
這個世界，一定會美好得多呢！」

慧珠本想跟樂心公主多聊一會，
但礙於公主身分尊貴，不便多作逗
留，慧珠只好依依不捨地把樂心公主
恭送上馬車。

此次話別後，也不知能否有機
會再相見，慧珠目送着馬車遠去的背
影，難免有點傷感。

然而，慧珠的傷感維持不了多久。

因為自從得到皇上御賜的牌匾後，僖來茶坊一舉成名，不單是藍天城的老百姓，就連附近城鎮的居民，都紛紛慕名而來。

天下第一茶坊

從此以後，僖來茶坊每天都客似雲來，成為名滿天下的茶坊，而慧珠更被大家譽為「天下第一小廚娘」呢！

天下第一

小廚娘

宋代風物小百科

上元夜：指舊曆正月十五的夜晚，又稱元宵節，宋朝素有元宵節賞燈的風俗。

皮影戲：又稱影子戲、或燈影戲。是以獸皮或紙板製作人物剪影的一種戲劇形式。皮影戲至宋朝時已發展出較高的規模與水準。

茶　坊：茶館，是人們品茶、休閒之所，宋代部分地區的茶坊也稱為茶肆。

投　壺：原本是一種禮儀，後來發展成為了一種遊戲，在宋代十分流行。

建　盞：指建窯出產的茶盞，建窯在現今福建省一帶。建盞被稱為宋代第一茶盞。

鬥　茶：也叫「茗戰」，是以比賽的形式評價茶質的優劣，鬥茶在唐代已有，宋代則更為盛行。

鬥嘴一班 古代遊
宋朝趣聞錄

作　　者：卓瑩
插　　圖：Alice Ma
責任編輯：張斐然
美術設計：李成宇
出　　版：新雅文化事業有限公司
　　　　　香港英皇道 499 號北角工業大廈 18 樓
　　　　　電話：(852) 2138 7998
　　　　　傳真：(852) 2597 4003
　　　　　網址：http://www.sunya.com.hk
　　　　　電郵：marketing@sunya.com.hk
發　　行：香港聯合書刊物流有限公司
　　　　　香港荃灣德士古道 220-248 號荃灣工業中心 16 樓
　　　　　電話：(852) 2150 2100
　　　　　傳真：(852) 2407 3062
　　　　　電郵：info@suplogistics.com.hk
印　　刷：中華商務彩色印刷有限公司
　　　　　香港新界大埔汀麗路 36 號
版　　次：二〇二三年七月初版

ISBN: 978-962-08-8243-2
© 2023 Sun Ya Publications (HK) Ltd.
18/F, North Point Industrial Building, 499 King's Road, Hong Kong
Published in Hong Kong SAR, China
Printed in China